Ye

21339

ÉPITRE

A

NAPOLÉON-LE-GRAND,

EMPEREUR ET ROI;

PAR M. P***,

de Pont-de-Vaux, département de l'Ain.

A PARIS,

DE L'IMPRIMERIE DE DIDOT JEUNE.

1811.

ÉPITRE

A

NAPOLÉON-LE-GRAND,

EMPEREUR ET ROI.

~~~~~~~~~~~~

Empereur immortel, la prompte renommée
S'empresse de louer ton nom qui l'a charmée;
Elle veut aujourd'hui que, me prêtant sa voix,
D'un ton fort et hardi je chante tes exploits.
Dans un sujet si beau, digne du seül Homère,
Excuse mes efforts si je suis téméraire.
Quel poète amoureux de cet illustre emploi
Peut former des accords qui soient dignes de toi?
Tandis que l'univers te respecte et t'honore,
Que ton éclat s'étend du couchant, à l'aurore,
Que d'être sous tes lois cent peuples sont contens,
Quel grand honneur pour moi de t'offrir mon encens!
Oui, sans considérer les dangers du naufrage,
Je t'aurais dès long-temps présenté cet ouvrage,
Si pour moi la fortune eût fléchi ses rigueurs,
Et ne m'eût pas laissé trop loin de ses faveurs;

Mais, si dans cet essai toutefois je m'abuse,
Applaudis à mon zèle, en accusant ma muse.
On chérit tes lauriers : en tous lieux ils sont vus;
Où tu portes ton nom, tu portes des vertus;
Et le siècle futur avec ardeur contemple
Ces lauriers, ces vertus qui t'assurent un temple
Dans les cœurs des mortels; solides fondemens
A l'abri de l'envie et de la main du temps.
Ta sagesse ramène et la paix et l'aisance,
Les jeux et les beaux-arts que le plaisir encense.
Ta rapide valeur étonne les esprits :
Au bruit seul de ton nom les trônes sont conquis.
Le grand homme choisi reçoit le diadême;
Tu l'ôtes en héros, tu le donnes de même.
Ton choix pour couronner n'est point capricieux,
Et le mérite vrai d'abord fixe tes yeux : .
Il est récompensé dans le ministre habile,
Dans le brave guerrier, dans le savant utile.
Sous tes lois on s'empresse, et notre espoir perdu,
Quand tu vins parmi nous nous fut bientôt rendu.
Ton génie étonnant, tes secours tutélaires,
Au milieu des soupirs, finirent nos misères.
Sauveur de mon pays, sauveur de l'univers,
Prédit pour délivrer les peuples mis aux fers,
Comme un astre nouveau, tu répands la lumière,
Quand une affreuse nuit couvre la terre entière.
Que notre joie est grande! O fortuné Titus!
Les monstres crient en vain, de rage ils se sont tus.

Pour lors régnaient sur nous, en tyrans qu'on abhorre,
Tous les maux qu'enferma l'imprudente Pandore ;
Quand la boîte s'ouvrit, l'espoir des malheureux
Resta jusqu'à ce jour, et pour ton règne heureux.
De son antre fatal, tourment de notre vie,
Les premiers dans les rangs, sort une sombre envie,
Une audace sans borne, étouffant la raison,
Un sordide intérêt armé d'un noir poison.
Tous prennent leurs poignards, saisissent leurs victimes,
Marchent tranquillement, suivis de tous les crimes.
Le meurtre, le désordre, aux regards hardis, faux,
Présentent la pâleur, et secouent leurs flambeaux.
Proche de ces tyrans, la licence effrénée
Fait taire la justice autour d'elle enchaînée.
Moins rapide est l'éclair que le glaive tranchant
Que porte leur fureur sur tout être vivant.
Le sexe, la vertu, la beauté, la science,
Ne trouvent point d'asile ; et la simple innocence
Périt sur l'échafaud pour sauver son honneur,
Objet des passions d'une brutale humeur.
Quelle plume dira les crimes des ténèbres,
Les vols, l'assassinat, malgré les cris funèbres,
Les poisons, les viols, tout ce que l'univers
Offre de noirs forfaits à punir aux enfers.
Mais taisons ces horreurs : la terre, révoltée,
Du sang des innocens est assez humectée.
Nul secours, nul appui ; qui tarira nos pleurs ?
Hélas ! de notre sort paraissez donc, vengeurs !

La mort poursuit son cours. O France! ma patrie,
Tu nages dans le sang, perdue, ensevelie!
Ni du nombre des morts, ni de nos pleurs touchés,
Les bourreaux sont toujours sur leur proie attachés.
Nos cris étouffés.... Mais qui frappe mon oreille...?
J'entends un bruit confus : tu parais, ô merveille!
Napoléon.... O ciel! quelle félicité!
C'est un mortel; mais non, c'est la Divinité
Qui nous donne son ange au milieu des alarmes;
Heureux réparateur, il séchera nos larmes.
De lui céder nos droits soyons donc empressés,
Adressons lui nos vœux, ils seront exaucés.
Semblable à ces vents forts qui chassent les tempêtes,
Il nous rend le soleil plus brillant sur nos têtes.
Paraissez, jours sereins, le favori du ciel
Rend plus beau votre éclat par son soin paternel.
De notre affreux chaos, de nos nuits les plus sombres,
A son ordre aussitôt se dissipent les ombres.
Les principes moraux détruits et violés,
Tous les droits des humains tranquillement foulés,
Appellent un vengeur. Il se présente en maître :
Ses bienfaits inouïs vont le faire connaître.
De sa bouche un arrêt sévère, menaçant,
Est doux au cœur bien né, formidable au méchant.
On veut à la raison que chacun se conforme;
Mais l'égoïste adroit rejette la réforme :
Il fallait donc qu'il vînt un Empereur, un Roi,
Détruire l'anarchie et rétablir la loi,

Et briser des abus l'antique et forte chaîne :
C'est là le seul motif qui parmi nous l'amène,
Qui fait armer son bras, sauver les malheureux,
Éloigner l'oppresseur, et rendre tous heureux.
Dans les sentiers étroits des honneurs vrais, solides,
Marchant dès son enfance, il choisit pour ses guides
La gloire, la vertu, la foi dans les traïtés,
L'équité devant lui, la paix à ses côtés.
Empereur immortel, et la paix et la guerre
Te nomment grand sur tous pour étonner la terre,
Plus grand que les Romains, plus grand que les Césars,
Tu fais partout voler, flotter tes étendards;
Et le dieu qui t'inspire, à tes vertus guerrières
Offre et fait accepter ses divines lumières.
Tu marches, son flambeau s'avance devant toi,
Non pas pour accepter, mais pour donner la loi.
Un regard imposant, avec un air d'empire,
Quand il faut commander, dans tes traits se fait lire.
Dans ton abord ouvert beaucoup d'égalité,
Sans perdre jamais rien de ton autorité.
Doux, humain, généreux, grand, affable, sincère,
Ton cœur n'est-point sujet à l'aveugle colère;
Des nôtres il sait bien mériter les respects,
Et ne sait point avoir des sentimens suspects;
Il est dans tes desseins toujours impénétrable;
Il est dans tes conseils toujours juste et traitable.
A peine as-tu parlé, tes ordres sont remplis;
Tes vœux sont-ils formés, tu les vois accomplis.

Ce qu'on admire encor, ton esprit vaste et ferme
Dans l'art de gouverner connaît le juste terme ;
Au dehors, au dedans pèse les intérêts
Des pauvres et des grands, des rois et des sujets,
Des taxes, des impôts aime et tient l'équilibre ;
Dans un commerce aisé laisse ton peuple libre.
Ton jugement profond, avec non moins d'éclat,
Et sans craindre l'erreur des maximes d'État,
Des injustes desirs des ames frauduleuses,
Fixe un but à l'orgueil, aux vues ambitieuses,
Qui, dociles aux lois, prennent les vrais moyens
Du bonheur général de serrer les liens.
Ce jugement si pur, ami de la franchise,
Dicte à chacun son droit sans feinte et sans surprise.
Les dommages connus promptement réparés,
Nous prouvent qu'à ses yeux tous les droits sont sacrés,
Si de grands potentats convoitent quelque titre,
Sa justice et sa foi le font nommer arbitre.
On le bénit, on l'aime, on écoute sa voix,
Comme un arrêt du ciel on regarde ses lois.
Faut-il dans les combats poursuivre le rebelle,
Il peint en traits de feu son ame grande et belle.
De la Grèce et de Rome innombrables guerriers,
Baissez vos pavillons et cédez vos lauriers :
De vos iniques lois on a connu le vice ;
On cédoit à vos coups, et non à la justice.
L'ardente soif du sang, pour donner le trépas,
Dans des pays lointains précipitait vos pas.

Plus sous le fer sanglant vous mîtes de victimes,
Plus les forfaits étaient à vos yeux légitimes!
La force était vos lois, et vos droits la fureur:
Loin ce système affreux et cet art destructeur!
O toi, vainqueur du Rhin, du Danube et du Tage,
Toi, du bonheur du monde arbitre grand et sage,
Seul, parmi les mortels qui sont aux premiers rangs,
Seul, sans jamais d'égaux parmi les conquérans,
Rempli de majesté, ton cœur sait avec gloire
Attacher la justice au char de la victoire.
Héros tranquille et fier, tu vois les potentats
Tous se coaliser, partager tes États;
Croyant tes bataillons ou peu forts ou timides,
Assurés du succès, s'avancer intrépides;
Quand, par un coup d'un art inconnu jusqu'alors,
Tu rends vains leurs projets, ainsi que leurs efforts;
Et le soldat docile, attentif à ton ordre,
Dans les rangs ennemis a porté le désordre.
Le vaincu vient tremblant implorer le vainqueur,
Qui combat à regret un puissant agresseur.
Le bruit de ta valeur, répandu dans le monde,
Fait admirer par tous ta sagesse profonde,
(Mentor fidèle et sûr) qui de tes ennemis,
De tes rivaux altiers, en a fait tes amis.
Fidèles écrivains, marquez bien dans l'histoire
Ces traits de sa grande ame, et qu'on a peine à croire,
Tant ils sont surprenans, puisqu'ils ont effacé
Les belles actions de tout l'âge passé.

Moi, fidèle sujet qui chérit son empire,
Je vais vous seconder avec ma faible lyre :
Nous l'avons vu pleurer les morts et les mourans,
Qui tombaient honorés, glorieux, triomphans,
Maudire des combats les suites déplorables,
Qui livrent au tombeau des hommes estimables,
Et vouloir dans son cœur, rempli d'humanité,
Que le sang répandu du sien fût racheté.
Généraux et soldats, tous l'appellent leur père,
Ce nom devient pour eux un baume salutaire.
Ses discours consolans adoucissent leurs maux;
Son affabilité soulage leurs travaux,
D'autant plus doux pour eux, qu'avec eux il partage
Les périls où sans cesse expose le courage.
Chacun est honoré d'un regard consolant;
Nul n'est mis en oubli, tant son amour est grand;
Mais rien n'arrête aussi ces généreux Alcides,
Qui pour lui des dangers se montrent tous avides,
Et plus prompts que le trait lancé d'un bras hardi,
Tel qui les croit au nord les rencontre au midi.
Des soins tout paternels, une pitié bien tendre,
De sa grandeur souvent l'engagent à descendre;
Eh! c'est alors qu'il voit, épanchant les bienfaits,
Que l'amour du héros fait l'amour des sujets.
Bien loin de ses États, sa savante tactique
A tenir l'ennemi s'étudie et s'applique.
Avons-nous le bonheur de le voir parmi nous,
De ses nobles projets nos voisins sont jaloux.

Si dans les champs de Mars il devint redoutable,
Il est pendant la paix encore plus admirable.
Un très-grand Empereur à qui tout est soumis,
Préfère à Mars armé la fille de Thémis.
Déjà l'on voit ouverts, pour l'honneur de la France,
De superbes canaux qui donnent l'abondance;
Déjà des bâtimens et commodes et beaux
Sont les utiles fruits des loisirs d'un héros;
Déjà l'on voit, par l'art surpassant la nature,
Des embellissemens d'une utile structure.
Mais c'est peu d'ordonner, de ses yeux il veut voir;
Il se trouve partout. Les effets du pouvoir,
Sont d'heureux changemens qui lui donnent un trône
Sur lequel nous mettons son auguste couronne;
Le cœur de ses sujets la portera toujours :
Qui dit Napoléon, dit son dieu, ses amours.
Au travers des rochers les routes sont tracées,
Des fleuves réunis les eaux sont traversées,
Pour fournir tour à tour de l'homme les besoins,
L'utile et l'agrément confiés à leurs soins.
De la main d'un monarque on aime les largesses,
A des peuples amis agréables richesses;
Et la nature et l'art se montrant de concert,
De l'ourse et du midi le commerce est ouvert.
Parmi nous l'industrie et les arts s'encouragent,
De fers de l'étranger pour toujours se dégagent;
Moins riche on le verra de ses possessions,
Que nous pauvres souvent de nos privations.

Mais quoi! grand Empereur, ton regard secourable
Ne nous donne-t-il pas l'utile et l'agréable?
Paraissez, inventeurs, montrez-vous, grands esprits,
De vos nobles talens venez prendre le prix;
On vous les a placés au bout de la carrière,
Il faut ne point tomber, et la fournir entière.
Si les mers sont encore un obstacle aux bienfaits
Que doit nous procurer une solide paix,
Apprenant nos succès, la Tamise troublée,
Sous le poids des malheurs gémissante, accablée,
Voit en nous ses vainqueurs; elle calme ses eaux,
Et déjà dans ses ports appelle nos vaisseaux.
Ne connaissons-nous pas la plus lointaine plage?
Eh! où ne portent pas la force et le courage?
Fort dans tes murs de bois, tremble, affreux léopard,
Mon Empereur, mon Roi porte son étendard
D'un bout du monde à l'autre, et son aigle invincible
Bientôt sur tes palais va se rendre visible.
Viens, soumets ton orgueil à ton propre devoir,
Ou crains de nos guerriers l'incroyable pouvoir;
Chez toi tous ils sont prêts à porter l'abondance,
Ou bien à te laisser dans l'affreuse indigence.
Sans amis, sans argent, sans un réel secours,
De tes iniquités tu dois finir le cours,
Ou bientôt, île affreuse, et peu sûre et déserte,
Nos soldats te verront de toutes parts ouverte.
Muse, laisse Albion qui dévore ses flancs,
Reviens à ton héros, digne objet de tes chants.

Mais déjà j'aperçois ses hautes destinées,
Le ciel a dans son lot mis de longues années :
Ses successeurs issus d'un sang digne de lui,
Observeront ses lois, il sera leur appui.
Aimable Souveraine, à la France donnée,
Tu fus pour notre bien de l'aigle couronnée.
De celui qui t'obtint, digne objet d'un grand cœur,
Tout est roi dans son ame et tout est empereur.
Napoléon, Louise, espoir de votre Empire,
C'est un dieu bienfaisant qui tous deux vous inspire.
Celui que l'univers encor n'a pu dompter,
Louise, tes vertus ont su le captiver.
Au récit étonnant des traits de sa prudence,
De sa haute équité, de sa rare vaillance,
Ton ame tendre, émue, alors connut l'amour,
Amour pur que gardoit, dans son sacré séjour,
L'éternel qui l'envoie avec tous ses attraits ;
Tu ne résistes plus, tu cèdes à ses traits.
Ton choix et le héros couronnent les mérites,
Tous les cœurs sont à toi ; combien tu les mérites !
Puissant Napoléon, un de tes grands exploits,
Est d'avoir de Louise aimé les douces lois.
Puisqu'une Impératrice a porté dans ton ame
De son regard vainqueur une céleste flamme ;
De cet hymen auquel vous vous êtes soumis
Nous avons un héros à nos vœux tant promis.
Ah ! pouvions-nous attendre un don si beau, si riche,
De l'amour qui vainquit et la France et l'Autriche !

L'aigle double pour lui, marques de sa grandeur,
Couronnera son front de gloire et de splendeur :
Il sera le soutien de son puissant Empire,
L'Empereur le souhaite, et le ciel y conspire.

NAPOLEO MAGNUS,

Qui decus et famam meruit nisi magna gerendo.